Es día de feria, Ámbar Dorado

PAULA DANZIGER

Ilustraciones de Tony Ross

ALFAGUARA
INFANTIL

ALFAGUARA

Título original: *It's a Fair Day, Amber Brown*
© Del texto: 2002, Paula Danziger
© De las ilustraciones: 2002, Tony Ross
Todos los derechos reservados.
Publicado en español con la autorización de G.P. Putnam's Sons,
una división de Penguin Young Readers Group (USA), Inc.

© De esta edición:
2007, Santillana USA Publishing Company, Inc.
2105 NW 86th Avenue
Miami, FL 33122, USA
www.santillanausa.com

Traducción: Enrique Mercado
Edición: Isabel Mendoza

Alfaguara es un sello editorial del **Grupo Santillana.** Éstas son
sus sedes:

ARGENTINA, BOLIVIA, CHILE, COLOMBIA, COSTA RICA, ECUADOR,
EL SALVADOR, ESPAÑA, ESTADOS UNIDOS, GUATEMALA, MÉXICO,
PANAMÁ, PARAGUAY, PERÚ, PUERTO RICO, REPÚBLICA DOMINICANA,
URUGUAY Y VENEZUELA.

Es día de feria, Ámbar Dorado
ISBN 10: 1-59820-596-X
ISBN 13: 978-1-59820-596-1

Impreso en Colombia por D'vinni S.A.

10 09 08 07   1 2 3 4 5 6 7 8 9 10

Para Donna Larson
P.D.

Yo, Ámbar Dorado, me despierto
y espero que hoy sea un día perfecto.
Ayer no fue un día perfecto.
Mi mamá y mi papá estaban enojados.
Yo, Ámbar Dorado, odio verlos enojados.
Me visto.
Me pongo todas mis prendas de la suerte
para empezar un día de vacaciones perfecto.

Al bajar las escaleras,
cuido de tocar cada escalón
con la parte trasera de mi zapato derecho.
A cada paso repito:
"Día perfecto, día perfecto".

Ya todos están en la cocina,

platicando y riendo:

Mamá, Papá, mi mejor amigo, Justo Daniels,

sus papás y su hermanito, Dani.

Estamos en los montes Poconos.

Justo y yo les decimos "Muchonos".

Parece el inicio de un día perfecto.

Tomo la caja de mi cereal favorito.

Parece que está vacía. La sacudo. No se oye nada.

Miro adentro. Está vacía. Vuelvo a mirar.

—¡Alguien se acabó mi cereal!

—¡Ricitos de Oro y los tres ositos! —grita Dani.

Todos ríen, menos yo.

¿Podrá ser un día perfecto sin mi cereal favorito?

Yo, Ámbar Dorado, miro la mesa.

El tazón de Justo está repleto de cereal.

Justo eructa.

—¡Justo! —le dice su mamá.

Le hago bizco y "oinc".

Él me hace una mueca.

Yo hago "oinc" otra vez.

Él me hace otra mueca.

Apuesto a que cree que se me va a olvidar
que se acabó mi cereal…

y que tal vez echó a perder un día perfecto.

No sólo es un cerdo. Es un cerdo que está en
problemas.

—Quería comerme un tazón y usar el resto
para hacerme un collar —digo.

—¡Ah… las niñas! —dice Justo,
y se lleva a la boca una cucharada de cereal.
Luego, estira el brazo y toma algo
del plato de Dani.

—¿Por qué no haces un collar de *waffles*?

A veces me vuelve loca.

En casa, en Nueva Jersey,

Justo y yo somos los mejores amigos.

Es mi vecino de al lado.

Yo soy hija única.

Pero, aquí, en los Poconos,

todos estamos en la misma casa

y no me siento hija única.

Justo sorbe leche de su tazón.

Yo me hago un sándwich

de crema de cacahuate y mermelada

e ignoro a Justo.

Dani da vueltas por la cocina

como un trompo.

También lo ignoro.

Mi papá se levanta de la mesa.

—Voy a la tienda por
más cereal para Ámbar.

—Felipe, siéntate —dice mi mamá—.
Sé lo que planeas. Quieres ir a la tienda
para poder llamar al trabajo.
Estás de vacaciones. ¡Relájate!

Mi papá se vuelve a sentar y suspira.
Yo empiezo a comerme mi sándwich.
Justo me mira y me hace bizco.

Yo le hago bizco a él.

Luego, miro a mis papás.

Se ve que mi papá está haciendo un esfuerzo
por quedarse en su asiento y no llamar a la oficina.

Se ve que mi mamá está tratando
de no enojarse con mi papá por querer llamar
a la oficina en vacaciones.

Pero yo sé que está enojada.

Cruzo los dedos para que mis papás no discutan.

Luego, apoyo la cabeza en la mesa.

Oigo algo que se arrastra

sobre la mesa hacia mí.

Alzo la cabeza y miro.

Es lo que queda del cereal de Justo.

—Es para ti —dice—. Yo me voy a comer un *waffle*.

El tazón está lleno de cereal blando.

A mí, Ámbar Dorado, me gusta con poca leche,

y comérmelo rápidamente

cuando todavía está duro.

Mi mamá le devuelve el tazón a Justo.

—¡Muy lindo, Justo! Pero no es sano hacer eso.

¡Qué bueno que mamá no sabe

que a veces en la escuela

Justo y yo compartimos un chicle…

que uno de los dos ya masticó!

Le sonrío a Justo y sorbo leche de su tazón.

Él también me sonríe.

Su papá dice:

—Apúrense. Ya pronto nos vamos a la feria.

¡La feria! ¡Con tantos juegos y golosinas!

Yo, Ámbar Dorado, estoy muy emocionada.

—Mira, Dani —digo— ese letrero dice:
"Bienvenidos a la Feria Rural".

—Yo sé el plural —responde él, brincando
de alegría—: perro, perros; gato, gatos.

—"Rural" —trato de explicarle—; no, "plural".

—¡Rural! ¡Rural! —Dani brinca otra vez—
Perra, perras; gata, gatas...

Justo mira a su hermanito.

—Cerebro de frijol.

—¡Justo! —dice el señor Daniels— ¡No lo llames así!

Entramos a la feria.

—¡Algodón de azúcar! —Dani corre al puesto.

Todos lo seguimos.

—Compraré uno para cada uno —dice mi papá.

—¡Eso es una porquería! —dice mi mamá.

Mi papá los compra de todos modos.

Mi mamá tira el suyo a la basura.

De repente, mi algodón ya no está tan sabroso.

Vamos a los corrales.

Los animales están bonitos,

pero los corrales huelen mal…

como cuando hay que

cambiarle el pañal a Dani.

Como ahora.

—Miren la carga del tractor —dice mi papá,
señalando una máquina enorme.

—Igual que la de mi hermano —dice Justo
tapándose la nariz.

La señora Daniels carga a Dani,
y se lo lleva para cambiarlo.

Justo y su papá se van a la montaña rusa.

A mí, Ámbar Dorado, no me gusta la montaña rusa.

Mis papás y yo vamos al carrusel.

Ellos no se hablan.

Yo, Ámbar Dorado, hablo mucho para llenar el silencio.

—Los de mi estatura vemos muchas rodillas y traseros.

—¡Ámbar! —ríe mi mamá— Eso no es de buena educación.

—Pero es verdad —digo.

Mi papá se arrodilla

para estar a mi altura y mirar.

—Es cierto, Ámbar. Ven a ver, Sara.

Rodillas y traseros.

Mi mamá nos mira y también se arrodilla.

Es nuestro mejor momento juntos

desde que empezaron las vacaciones.

Se paran y me dejan sola

en un mundo de rodillas y traseros.

Llegamos al carrusel.

Quiero que nos sentemos juntos en el trineo.

—Eso es para los chiquitos —dice mi mamá.

Mamá y papá se suben en animales distintos.

Yo me subo a un león y me tiendo en él.

—¡Mírenme! Estoy haciendo un número de circo.

—Más vale que corras porque

te vamos a alcanzar —dice mi mamá, riendo.

El carrusel arranca y yo juego
a ser Ámbar, la Reina de la Selva.

El carrusel se detiene y nos bajamos.

Mis papás no se miran.

Nadie dice nada.

Tal vez esto sea mejor que discutir,

pero no es perfecto.

—Ya regresamos —dice Justo al llegar

con el resto de la familia Daniels.

—¡Perros calientes! —dice Justo, señalando
un puesto.

Compramos perros para todos.

Yo le pongo "Tristán" a mi perrito

y, luego, no soy capaz de comérmelo.

Mi papá se come a Tristán.

Nunca volveré a ponerle nombre a un perro
caliente.

Dani toma la mano de Justo y señala.

—Aviones. Yo quiero.

Me gustaría subirme con Justo,

pero a veces él tiene que hacer cosas con Dani.

Se suben a su avión antes que yo.

Yo me subo al de atrás,

con una niña que está sola.

Justo se voltea y grita:

—¡Competencia de niños contra niñas!

A veces es un tonto.

Ellos van adelante. Van a ganar.

El juego mecánico arranca.

Los aviones despegan.

Más rápido… más rápido… Los aviones
se ladean.

Más rápido… más rápido… Se ladean un
poco más.

La niña no para de gritar:

—¡Brum… bip, bip!

Los aviones empiezan a ir más lento.

Cuando llegamos a la plataforma, los niños
se bajan.

Justo y Dani se bajan antes que nosotras.

Sé que él va a decir que ganaron.

Pero me fijo bien.

Justo no se vé contento, aunque "ganó".

En realidad, parece que está muy incómodo.

Está todo vomitado.

Dani tiene vómito en la boca
y en toda la ropa.

La señora Daniels los ve y dice:

—Vamos al auto para que se cambien…

Y no más golosinas para ninguno de los dos.

—¡Ahorita regresamos! —les grita el señor
Daniels a mis papás.

Ellos dicen que sí con la cabeza.

Parece que Mamá y Papá están discutiendo.

No sonríen.

Me acerco a ellos.

No me ven.

Yo, Ámbar Dorado, los veo y los oigo.

Se dicen cosas feas.

Yo, Ámbar Dorado, odio las cosas feas,
especialmente si vienen de mi mamá y mi papá.

Si se van a pelear,
mejor me voy al auto con los Daniels.

Me alejo.

Ellos siguen sin verme.

Sigo caminando.

Veo muchas rodillas y traseros.

No recuerdo cómo llegar al auto.

No veo nada que recuerde.

Me da miedo.

La feria es muy grande.

Siento más miedo… y malestar.

Estoy perdida.

Quiero a mi mamá y a mi papá… ¡ya mismo!

Empiezo a llorar.

Me caen lágrimas por las mejillas
y me salen mocos por la nariz.

Yo, Ámbar Dorado, ni siquiera tengo un pañuelo.

Veo a una familia que come en una mesa de *picnic*.

Me acerco y pregunto dónde están los autos.

La mamá me pregunta si estoy perdida.

Le digo que sí con la cabeza y lloro más.

El papá dice:

—Espera aquí. Voy a pedir ayuda.

La mamá saca un pañuelo y me limpia los ojos.

Me da otro y me sueno.

El papá regresa con un policía.

—Te llevaremos a la carpa de niños
perdidos —dice el policía—. No te preocupes.
Encontraremos a tu familia.
Le doy las gracias a esa familia
y hago adiós con la mano.

El policía me lleva a una carpa.

"Los padres de Ámbar Dorado, favor de presentarse en la carpa de niños perdidos, en la entrada principal", dice una señora por un micrófono.

Mi mamá y mi papá
llegan corriendo minutos después.
Me cargan y me abrazan.
Lloro. Mi mamá llora…
y creo que mi papá hace un esfuerzo para no llorar.

—Sentí mucho miedo —decimos todos
al mismo tiempo.

Mi mamá lloriquea.

—Ámbar, cariño, creímos que estabas
con los Daniels. Cuando regresaron sin ti,
nos preocupamos mucho. Te buscamos
por todas partes.

—Ustedes estaban discutiendo —digo—.
Así que fui a buscar a los Daniels.

Mi mamá y mi papá me miran,

se miran

y vuelven a mirarme.

Me piden perdón

y me abrazan otra vez.

Llegan los Daniels.

Todos me abrazan… menos Justo.

Él me hace una mueca y yo le hago una a él.

Luego, nuestras familias deciden reunirse en

una hora.

Los Daniels se van a ver las máquinas

agrícolas.

Nosotros vamos a los juegos.

Mi mamá y mi papá me toman

de la mano y me siento tan feliz

que creo que se les va a pegar.

—¡Miren! —dice mi papá—. Baloncesto...

Yo era muy bueno para esto.

Nos acercamos al juego.

Mi papá paga

y toma un balón.

Lo mete una vez.

Lo mete dos veces.

Lo mete tres y gana.

Yo salto de alegría.

Escojo como premio un lápiz enorme

de goma.

Mi papá vuelve a jugar.

Y vuelve a ganar.

Esta vez él escoge el premio.

Es un osito con un corazón.

Se lo da a mi mamá.

Se sonríen,

y eso me hace muy feliz.

Jugamos más cosas.

Yo, Ámbar Dorado, lanzo monedas

y me gano dos peces.

Mamá, Papá y yo jugamos dardos juntos.

Gana un niño grande.

Una niña llora porque perdió.

Yo, Ámbar Dorado, le regalo uno de mis peces.

Soy hija única, y estaré feliz

con un pez único.

La niña se pone feliz.

Yo también.

Hoy, día de feria,
fue un día casi perfecto.